기분의

탄생

시인의일요일시집 **029**

기분의 탄생

초판 1쇄 펴냄 2024년 6월 21일

지은이 하 린
펴낸이 김경희
펴낸곳 시인의일요일

표지·본문디자인 노블애드
경영지원 양정열

출판등록 제2021-000085호
주   소 경기도 용인시 기흥구 연원로42번길 2
전   화 031-890-2004
팩   스 031-890-2005
전자우편 sundaypoet@naver.com
블 로 그 https://blog.naver.com/sundaypoet

ISBN 979-11-92732-20-6(03810)

값 12,000원

기분의 탄생

하린 시집

어떤 사람에겐 365일
낮보다 밤이 더 길기에
시를 감당하는 건 울음이다.

몰래 흘린 눈물이 돌멩이가 될 때까지
돌멩이가 단단한 문장으로 바뀔 때까지
쓸 거다.

| 차 례 |

1부 기분의 탄생

2부 안목

3부 금요일 밤의 자학

1부

기분의 탄생

기분의 탄생
— 눈사람

어떻든 사람입니다
천사가 아닙니다

마당이거나 골목이거나 언덕이거나
지분을 가지고 있습니다

아랫목은 어디입니까
고드름은 왜 생깁니까

그것이 궁금하다면
당신은 백색에 대한 오해를 가지고 있는 것입니다

나는 하늘로부터 주관성을 부여받았습니다
눈 속의 눈이 생길 수 있고 깊어질 수도 있습니다

저에게 많은 감정이 없습니다만
특별한 비밀이 있습니다

적막과 대면할 수 있습니다
이야기 밖으로 빠져나갈 수 있습니다

뼈와 살과 피와 심장과 마음이 하나라는 착각을 무너뜨릴
수 있습니다

아이가 잠든 사이에 길고양이를 찾아 나설 참입니다
나를 보고 놀라지 않은 이유에 대해 물어볼 것입니다

벌벌 떨고 있는
배고픈 새끼 고양이를 만난다면 처음으로 울 것입니다

그만 녹아 흐를 것입니다
머리가 재빨리 심장에 달라붙어 기형이 되어 무너질 것입
니다

전이일까요
자리바꿈일까요

끝까지 실패만 하는 생이란 없으니까
수평이 된다고 끝이 아닐 겁니다

그럴 필요는 없겠지만
누군가 그리운 겨울엔 기필코 사람입니다

기분의 탄생
—납

감사합니다
납처럼 생각해 줘서
지금껏 나는 나를 실험 중입니다

얼마나 오래 버티는지
어떻게 긍정 없이 살아갈 수 있는지
언제 옥상을 떠올리는지
무슨 표정을 지어야
착 가라앉는 기분을 뱉어 낼 수 있는지

납의 도시
납의 골목
납의 불빛
납의 꿈속에서

납으로 만든 새를 날리고
납으로 만든 태양을 띄우고
납으로 만든 종이 위에

납으로 문장을 씁니다

절망은 납빛이 아닙니다
우울은 납빛이 아닙니다
고독은 납빛이 아닙니다

그것들은 죽을 이유를 찾는지
벗어날 이유를 찾는지 모르지만
생생하게 꿈틀거리고 있습니다

진짜 감사합니다
납으로 된 감정을 품게 해 줘서
납으로 된 시를 읽어 줘서

그런데 납의 세계에선 이 모든 일이 공평합니다
납을 사랑하게 만든 당신들은
책임이 없습니다

매일매일 회색처럼 떠도는 기분
불현듯 나는 살아 있습니다

기분의 탄생
—하수구

넌 오백 년도 넘은 하수구 같아
마지막에 애인이 남긴 말입니다

밝은 봄인데
하루 종일 하수구를 들여다보고 있습니다

외눈박이 괴물
냄새와 기억이 스멀스멀 올라옵니다

안쪽엔 무엇이 들러붙어 있을까요

당신과 내가 싸울 때 했던 말들과
나를 못 견뎌서 토해 낸 당신의 본성과
나의 못난 자책이 살고 있겠지요

저 깊은 곳에
소화기관이 있다면
매일 속 쓰림과

역류성 뒤틀림을 앓고 있겠지요

바라건대
당신에게 했던 악취 나는
나의 변명과 불만과 불안을 잊어 주세요

꼬리에 꼬리를 물었던
나의 무능과 무감과 무례를 용서해 주세요

대답을 들을 수 없는 명분을
오늘도 흘려보냅니다

도시의 하수도는 다 연결되어 있을 테니
하수관을 통해 당신이 사는 곳에 닿을 수 있을까요

난 참 꽉 막힌 하수도처럼 여태 살았습니다

기분의 탄생

—강박

이중 삼중으로 저장하는 버릇이 생겼다
폴더 속 폴더
비밀 속 비밀
ctrl+c
ctrl+v
흔해진다

구워 낸 고등어보다
공장에서 나온 통조림이 안심이다
압축파일처럼
밀봉된 것
고양이용이어도 상관없다

캔 뚜껑을 열면 표정 없는 것들이 꽉 차 있다
바깥이 낯설다

폴더가 아무리 많아도
시가 차지하는 비율은 적다

쓴다
쓴 것을 복제한다
자기 표절과
자기 변용

1000년 동안 시를 써도
겨우 500MB조차 되지 못하는데
당신과 1년 동안 찍은 사진의 용량은 5GB가 넘는다

당신에 대한 만 편의 연작시를 쓸 수 있지만
쓰지 않겠다
사진은 빠르고 시는 느리니까

당신은 당신으로부터 달아나려는 강박이 있고
나는 숨김을 숨기려는 강박이 있다

강박은 완벽하지 않다
안전하지 않다
내 속엔 적막한 폴더들, 가득 찼다

기분의 탄생
— 가장자리

헌책들이 쌓여 있는 가게
이것을 세상의 모든 가장자리라고 해 두자

무너질 것처럼 쌓여 있으니
가장자리가 가장자리에게 보내는 위안이라고 해 두자

결과는 기록이 되고 기록은 전진한다

가장 가장자리다운 것이 무엇인지 고민한다
왜 그렇게 문장들은 치열했던 것일까, 후회한다

먼지를 뒤집어쓰는 것도
아파하는 것도 가장자리의 특권이지만
소멸보다는 자멸에 가깝다

기록은 불현듯 속도를 잊는다
겨울에 문을 닫고
여름에도 문을 닫는 중고 서점

주인은 지금 새 주인을 찾는 중이다
책을 살 사람이 아니라
책과 함께 늙어 갈 사람이다

책방 임대 중이
책방 정리 중으로 바뀌고
다시 책 가져갈 사람 찾아요로 바뀌는 동안
가장자리는 니힐리스트가 된다

일 년 동안 책을 한 권도 읽지 않는 사람들이
쯧쯧 혀를 차며 지나갔지만
그 시절 마스크는 흔한 연민조차 허락하지 않았다

기분의 탄생
― 벌레

1989년 난 남영역 근처 자동차 부품 회사 하청업체로 고3 실습을 나갔다.
에어컨에 들어가는 금속 부품에 드릴로 구멍을 뚫는 일이었는데,
장갑이 드릴에 끼어 돌아가 열아홉 살 친구의 손가락이 뭉개졌다.
기계에 다닥다닥 붙은 피와 살의 흔적이 생생했다.
기숙사에 들어와 열 명씩 잠을 겨우 청할 때,
그 친구가 손가락을 부여잡고 울었다.
벌레의 기분은 그때 탄생했다.

꿈틀꿈틀은 나의 최대화

악천후 속에서든
공장 속에서든
나는 겨우 꼼지락꼼지락

밤에 혼자 있을 땐
비트박스처럼
꼼지락꿈틀 꼼지락꿈틀 꼼지락꿈틀을 날렸지

무릎은 나의 소심화
아버지 앞에서든
교무실 안에서든
바닥은 나의 일반화

매미를 부러워했지
칠흑 속에서도
날개에 대한 목적을
버리지 않았으니까

벌레처럼을 수식어로 내밀고
벌레 같은을 뒤집어쓰게 하고
벌레 보듯을 실천하는 당신들
사라진 벌레의 행방을 한번이라도 궁금해했을까

뇌 속에 구더기를 생생하게 키우고 있는
나의 의지는 벌레화

기분의 반경마저 정해진 생활을
견디고 있는 나는
끝없는 암흑화

기분의 탄생
—이중부정

부정적인 생각을 부정하면서
부정으로부터 달아나고 싶었지

내 몸은 부정이 가진 역사

어머니는 나를 낳고 싶지 않다고 했고
아버지는 그런 어머니를 긍정했지

이름은 왜 착할 선 넉넉할 우였을까

거울에 비친 선우를 아무리 사랑해도
부정은 사라지지 않았지

반감이라는 괴물
바닥을 칠 줄 모르는 인내심
실패한 사랑들
사람들

모두 부정이 만든 음모로만 보였지

부정의 비린내를 맡아서였을까
길가 고양이 한 마리가 나를 따라왔지

넌 버려진 오답이고
난 쉽게 들킬 약점이니까 가까이 오지 마

부정이라고 이름을 짓고 키웠지

부정이 나를 맹신했고
나도 부정에게 곁을 내주었지

반감이 반가움으로 바뀌었고
인내심이 낙법을 배웠지

부정을 품은 또래들을 만나
술을 마시며 기꺼이 실패를 나눴지

오늘도 부정이 부정을 옆에 두고 잤지
이중부정이 껄껄껄 웃었지
비웃음인지
착각인지 아무도 몰랐지

기분의 탄생
—상자 속 상자의 세계

방 한가운데에 상자를 놓고
상자 속에 또 상자를 넣는 사람의 마음을 생각한다

취급주의가 써져 있으면 좋으련만
열 때 울지 마, 열고 나서 웃지 마, 라고 써져 있으니
도대체 애인은 무엇을 보낸 걸까

돌아온 것이
베개가 기억하던 한숨이라면
옆구리가 갑자기 갖게 된 광장이라면
머뭇거릴 필요 없었을 거다

차라리 죽은 이가 죽기 이틀 전에 보낸 상자라면
심호흡을 크게 하고 죄책감을 품에 안았을 거다

그런데 상자 안에 상자라니
감정 안에 감정이라니
내가 당신에게 보낸 건

시나 일기 같은 가벼운 것들뿐인데…

흔들고 귀를 대 보면 기척이 난다
만약 돌멩이가 들어 있다면
기꺼이 난 심장이 있는 왼쪽 가슴을 내줄 것이고
음산한 분위기를 먹고 자란 음지식물이라면
식물이 화를 내도 다 받아 줄 텐데

자학과 자책이 튀어나올까 봐 두렵다

아침까지 당신이 누웠던 침대에 그대로 둔다
상자와 함께 잔다
개봉을 또다시 하루 더 미룬다

기분의 탄생
— 날짜변경선

떠나기 싫은데 떠나야 할 것 같습니다

최후와 최선이 뒤섞입니다

기억을 안다고 하는 순간 달아나는 기억이 있습니다

매번 마지막이고
매번 처음인 자리

연애도
사람도
그랬으면 좋겠습니다

어제의 발목이 오늘의 발목으로 바뀌었을 뿐인데
질문이 넘나듭니다

날개는 혁명입니까
너머는 새롭습니까

정착은 기쁨입니까

난 왜 마침내 당신과 내가 헤어진 양수리입니까

지구는 둥급니까
누군가 돌아온다는 약속이
왜 새알처럼 놓여져 있습니까

이곳이 사라지면
그곳이 된다고 확신한 당신을 위해
달력을 찢겠다는 약속을 지킬 수 없습니다

수만 마리 새떼 속
한 마리 새처럼
난 점점 무뎌져 가고 있습니다

기분의 탄생
—슬리퍼

뒤꿈치의 안부는 결심 이후의 결말일 테니
배웅보다는 마중에 어울리지

맨발을 얹고 날아다니는 보드
옥상 위에 남겨지면 우주선
강물에 한 짝만 떠밀려 오면 난파선

절대 달리면 안 되지
벗겨지고 미끄러지고 발목이 삐고
병원에 가면 또 다른 슬리퍼를 착용할 테니
발바닥만 기억하는 감정만 하나 더 늘어나지

이것은 자신감이 붙게 하는 가벼움
'동네'라는 말과 잘 어울리는 장면
화창한 날 명랑한 날 억울한 날 집에 들어가기 싫은 날 생
각에 잔뜩 먹구름 낀 날 비 오는 날 비가 그친 날 가리지 않고
출몰하는
실내가 실외가 되고

실외가 다시 실례가 되는

학교든 학원이든 자주 출몰해서 끼리끼리 모이기 좋은
껌 좀 씹었던 사람이나 안 씹었던 사람이나 다 같이
삐딱한 말 삐딱한 표정 삐딱한 자세와 함께
애인보다는 친구에게 다가가고 싶은

골목 안쪽 서성거림이거나
담배꽁초 쌓인 고시텔 입구 흡연구역이거나
댓돌 위에 가지런히 놓여 서리를 맞는 마지막 방향이거나

수식이 필요 없는
여름을 뛰어넘는 계절감
이물 없는 걸음걸이를 위한 심플라이프

기분의 탄생
— 거푸집

밀착된 온도만으로는 설명되지 않는 바깥

마음이 틀어지지 않게 자세를 유지합니다
무언가 새어 나가는 느낌을 감내합니다

오직 두려운 건 기포가 생기는 일

틀을 구성할 수 없다는 염려마저 지웁니다

아침의 참견이나
저녁의 충고에
신경 쓰지 않고
모년 모월 모일을 껴안습니다

이젠 눈을 뜨지 않는 태도만 남깁니다

당신들이 등 뒤에서
나의 무의식을 추론하겠지만

나는 나의 안부만을 묻습니다

태양도 달도 없는 암흑 속에서
발견이 태어나도록 내버려둡니다

쉬운 인간
하류 인간
부끄러운 인간
뻔한 주석이 탄생할 것입니다

나의 슬픔은 마침내 화석이 될 수 있을까요

아, 그런데
상상만 했을 뿐인데도 숨이 막힙니다

3일 만에 1.5평 고시텔을 빠져나왔는데
아무도 불편해하지 않습니다

알몸을 들킨 나의 슬픔이
배고픈 나의 슬픔이
치욕을 허겁지겁 삼킵니다

기분의 탄생
―이방인

월화수목금토일 내내 나는 이 도시에서 외계인이다

내게만 보이는 별자리가 있고
태양은 한가하지 않으니
난 지루한 외계인이다, 분명

중력에 길들여져 중심을 향해 움직였는데
처음엔 그저 선택받지 못한
이방인인 줄 알았는데
생활은 멀고 생존은 가까우니
내계와 외계의 구분이 분명해졌으니

사랑은 보편성을 잃고 믿음은 주관성을 잃는다

안정과 안전을 좋아하는
애인의 아버지가
지구 밖으로 나를
날려 보내기 전에

새로운 구심력을 찾아 몰입해야 한다

그래도 시를 쓰자
아무도 신경 쓰지 않는 기분으로
내 안의 카오스를 즐기자
그 어떤 위계에도 속하지 않는
떠도는 상상이 부활해도
뒤돌아보지 말자

불가피한 폐허나
폭약을 품고 있는 마음을 위해
어두컴컴한 낮을 위해
외딴집 같은 자존을 위해
우주적 은유와 리듬으로
해독 불가능한 문장을 만들어
완벽한 미아가 되자

그런데 왜 비가 오면

우산을 준비하려는
오래된 생각을 자꾸 들키는 걸까
완벽한 유령이 된 줄 알았는데
왜 스팸전화가 오고
재난문자에 짜증을 내는 걸까

시는 반드시 외계의 언어로 탄생한다고 믿었는데
왜 지상의 언어로만 청탁서가 오는 걸까
관계를 전부 끊었다고 확신했는데
왜 어머니란 단어만 들어도
눈물이 주르륵 흐르는 걸까

기분의 탄생
―희생번트

사인이 옵니다
주목받는 4번 타자에겐 내려진 적 없는 사인

공을 맞히기만 하면 된다는데

야간 조명이 찬란하고
아웃을 선언할 심판이
결론을 품고 있는 것 같아
망설입니다

번트라도 잘해야지
시끄러운 응원가 속에서도 목소리가 들립니다

난 자세를 바꿉니다
희생과 번트 사이에 있는 나에게
카메라가 집중합니다

스스로 나를 아웃시켜야

지금 이 자리를 유지할 수 있다니

전력과 질주가 쓸모없는 자리
투수가 볼을 높이 띄웁니다

수비수들이 전진을 하고
1루 주자는 보폭을 넓힙니다

희생이 끝나면
엑스트라조차 되지 못하겠지요

번트에 성공합니다
스스로 죽었습니다

프로는 비굴한 것도 잘 연기해야 하니까
환하게 웃습니다

대기실에 돌아와서도 절대 울지 않습니다

기분의 탄생
— 딸기우유의 기분

나는 딸기를 오해하고 어머니는 우유를 이해한다
처음부터 섞이기 싫었는지도 모른다
아이와 어른이 섞여서
어른아이가 되거나 아이어른이 되는 일만큼
자연스러우면서도 불완전한 상태인 게 없다

그 많던 씨들의 가능성은 어디로 갔나요 어머니, '진짜딸기
우유' 속에는 딸기의 심장과 맥박과 숨소리가 있을 것만 같
은데 진짜란 무엇을 위한 기억인가요

유통기한이 지나도 싱싱함을 보장하는 건 냉장고의 배려
혹은 음모
어머니는 알츠하이머의 원산지를 걱정했어야 했다
먹지도 버리지도 않고
쌓아 놓은 딸기우유를 내게 내미는 습관
한 모금 한 모금 마실 때마다
딸기의 목소리는 들리지 않고
순하고 연한 빨강이 으깨지는

상상만 떠오르는데,

우유 속에서 딸기가 걸어 나와야
니 애비 속에서 여자가 걸어 나와야

온갖 편린들이 섞여 어머니의 지금을 증명했다
아, 아버지 닮은 나를 누군가 마시고 있다는 느낌
붉은 립스틱을 칠하던 어머니를
지금도 저녁이 외면한다는 느낌

기분의 탄생
— 면역

새벽 4시 무렵엔 콘크리트의 맥박이 들리고
잠든 아내에게선 물거품 냄새가 난다

계획이란 건 누구의 것일까
가난은 왜 슬픔보다 면역력이 더 강할까

미래란 단어가 옆구리를 휘감으려다 달아난다

아무리 낮을 치열하게 감당해도
밤은 기름지지 않고
일상은 침투에 약하다

어항에 금붕어라도 키우고 싶다던 아이는
꿈속을 뛰어다닐까 헤엄쳐 다닐까

불황이 나에게만 집중돼도
목뼈와 등뼈가 고딕체를 실천해도

침대에 누워
형광등 갓 속 죽은 날벌레들을 본다

죽음 아래에서 몇 년째 괜찮은 척을 한다

비참은 만성이 된 지 오래
비굴은 독종이 된 지 오래

바이러스로 가득 찬 꿈을 꾼다
적응과 순응 두 가지 선택만 있지만
난 끝까지 울지 않는다

나를 지켜보는 신만이
조급할 뿐이다

기분의 탄생
—편의점

아저씨, 찾는 게 없어요
엄마는 어디서 살 수 있나요

바코드처럼 단정한 엄마
즉석식품처럼 순식간에 다른 세계로 변할 수 있는 엄마
1+1처럼 가출+종말을 던져 줄 엄마

물론 울고 있는 눈사람처럼
난 끝까지 아빠 앞에서
녹아 흐르지 않았죠

젊은 사장은 나에게 시급을 주니까
물건이 질서정연한 걸 좋아하니까
그늘이 없는 아이처럼 굴었죠

새벽 근무를 마치고 돌아오면
아무도 몰래
두 번째 편의점을 열었어요

나는 어느새 꿈속 편의점 주인
열고 닫는 일을 아무리 자주 해도
돈 냄새가 나지 않았어요

오늘은 별들이 다가와 말을 걸었어요
내가 너에게 빛을 주면
넌 나에게 무엇을 줄래?
난 내 눈동자를 닮은 알사탕밖에 가진 게 없었어요

서글퍼서 마구마구 울었어요
울어도 울어도 내 등은 허전했어요
토닥토닥이란 말은 도대체 어디서 파나요

기분의 탄생
—세한(歲寒)

손을 떨면서 먹을 간다
농도가 짙어지는 속도가 보이기 시작하자
풍경이 정갈해진다
나는 왜 지금 여기를 증명하려 하는가
이야기들이 플롯을 껴입고
눈앞에서 선명해지려는 걸 왜 방치하는가
종이는 한 폭의 광장
야사野史를 멈추지 않게 하는 연대
오늘 밤 눈동자가 들끓고
후일담이 번식하는 것을 막을 순 없다
숨소리가 문장이 되고
아린 생각이 구절이 되어
당신들을 향해 뻗어 가는 걸 거역할 수 없다
첫 바둑돌이 놓일 때처럼 첫 문장을 내려놓는다
꼬리를 물 것인가? 자를 것인가?
독설들을 떠올려선 안 된다
필체에 신경 쓰다가 문체를 놓치고
여기에 몰입하다 저기를 은폐하면 더더욱 안 된다

어둠 속에 전설이 흐르고 있다는 걸 안다
끝없이 소요한다, 탕진한다
찰나를 통과하며 소용돌이친다
갈등과 갈등이 섞여 혼돈을 부추겨도
나는 절정에 빠지면 속수무책이 되는 사람
쓸쓸해서 황홀하고 황홀해서 더 많이 아픈 사람
그러니 오래전 백지를 사랑했던
나는 영원히 미완성이다
닫힌 미래형이 아니라 열린 과거형이다

기분의 탄생
—후에

사랑한다가 사랑했다로 돌아선 이후
나의 직전과 직후가 달라졌다

침실 앞에서

차라리 직전엔 여자이고 직후엔 남자여도 좋았을 거다
직전엔 냉소주의자이고 직후엔 허무주의자여도 괜찮았을
거다

아, 지독히 철저한 이 1인분의 기분은 어디서 오는가

서로에게 안쪽을 들키는 일은
현관문의 직전과 직후처럼
마침내 명징해서
불이 꺼진 방은 직전보다 직후가 더 두렵다

저 혼자 극장을 실천하다
깜짝 놀라는 척을 하고 있는 거울

그 속엔 유령 같은 몰골만 있다

직전을 원하지만
아무것도 일어나지 않는 직후가 될까 봐
나는 소품인 양 적막하다

내 앞에서
등 뒤에서
한결같던 당신의 태도는 어디로 갔는가…

아픈 직전과 슬픈 직후를 만나기 싫어
현관 비밀번호를 바꾸지 않은 채
나를 내내 열어 둔다

기분의 탄생
— 부재

내 안에 살고 있던 그리움이 빠져나간 후

난 그늘만 사랑하는 사람

담장이 내민 그늘을 밟으며

당신이 떠난 집에 오른다

삭아 내리고 있는 건 시멘트 담장만은 아니라서

높아질수록 그늘의 맛이 까칠하다

내가 죽지 못해 산다니까

담 너머에서 싸우는 소리가 들려오면

눈동자가 서걱거리는 소리까지 가둔다

새삼 담의 목적이 감옥이 아니라고 믿어 본다

담 하나를 만들려고

낯선 물과 시멘트와 모래와 자갈이 만났을 텐데

난 나와 닮은 사람을 놓치고 후회했다

그럴듯하게 하나가 되어도

틈과 균열과 부식은 생긴다

설마 처음에 품었던 진정성이 지금도 존재한다고 믿는
거니?

담벼락이 내게 훈계를 하는 것 같다

올라갈수록 파산이 선명해진다
사랑도 파산할 수 있다는 걸
무너진 뒤에야 아는 건 나의 잘못이니까
빠져나간 그리움이 들어오려고
기웃거리는 걸 외면한다
드디어 소속도 책임도 없는 옥탑에 든다
건너편 사람이 인사를 한다
오늘도 잘 버텼냐는 뜻인데
버티는 일엔 사상 따윈 없는데
우린 아주 빨리 쓸쓸해진다
아래를 내려다보면
도시가 온통 납의 정원 같다
불온한 노래가 불안하지 않게 자라는
생살이 썩어 나가도 모른 척하는
중독성 강한 불빛
나만 빼고 다 호황이니까

2부 | 안목

AI

전문가가 등장한다
평론가가 뒤따른다

한계를 찾는다
껍질을 벗은 과일처럼
아무렇지도 않다

씨앗 속에 우주가 있어요
그럴듯한 말을 하고
실감 나는 미래를 내민다

누군가 훔치려 한다
누군가 위험 물질로 분류한다
누군가 표정 관리를 한다

투자자가 나타난다
특허가 출몰한다
통제가 무너진다

신흥종교가 번진다
신을 흉내 내지 않고 신이 된다

화가가 그림을 그리지 않는다
소설가가 소설을 쓰지 않는다
시인이 시를 쓰지 않는다
명작이 탄생한다

인간과 인간적인 것이 뒤섞인다
모두 만족한다
AI가 AI를 감독한다

음산함과 은밀함마저 없다
기계적인 웃음이 번진다

악플

입을 열두 개나 가진 악담은
오늘 아침에도 따분했다

자음과 모음을 우적우적 씹어 먹고
서로의 생각을 파먹으며 과장되게 몸짓만을 부풀렸다

은밀한 건 좋지만 내밀한 건 싫다고 로로했다
매번 불구의 날들을 확인하고도 명랑하다니

누군가 자신을 추궁하는 건 용서했지만
모른 척하는 건 못 견뎌 했다

악담이 번식시킨 레퀴엠의 시간
가시를 잔뜩 품은 다짐이 목구멍을 관통할 때,

타인과 타인 사이
도피와 회피의 차이가 분명해졌다

어둠의 결심보다 빛의 변심이 흔해졌고
말들은 스스로 질식하는 꿈을 꾸곤 했다

어느 순간 음지에서 피는 꽃이 진실을 토했다
그런데도 악담은 고압선 위 까마귀처럼 무탈했다

독주를 마신 이야기 속 주인공이
별들과 서러움을 교환하며 비굴을 감행했다

악담은 껄껄껄 웃었다
이제 막 떨어지고 있는 눈물의 온도를 재빨리 회수했다

동기와 원인

사람들이 많이 죽었습니다
뉴스를 껐습니다

주인공이던 동기와 원인이 빠져나옵니다
동기는 자발적이고
원인은 능동적입니다

지금 심정은 어떠신가요?
장난입니까?
착란입니까?
서로 질문만 되풀이합니다

대답이 없습니다
들을 생각과 들을 이유와 들을 필요를 밀어냅니다
지겨워합니다

물론 죽어 가는 사람을 보는 일은 마음이 아픕니다
상대방이 먼저 공격을 했습니다

우린 정의를 신뢰할 뿐입니다
이 말을 꼭 덧붙입니다

그렇게 동기와 원인을 부정하자 괴물이 탄생합니다
명분이 폭발합니다
보복과 응징과 서러움이 난무합니다

이전과 이후 사이의 거리가 멀어집니다
시도 때도 없이 찾아오는
해석과 알리바이
침묵과 편두통

재구성은 기어이 실패하고 사과와 용서가 멀어집니다

또다시 사람들이 많이 죽었습니다
그냥 우리 둘 다 성격을 들키지 맙시다
동기와 원인이 동시에 회피를 해피로 바꿉니다

가스라이팅

새가 나를 안는다

나를 길들인다

나는 새를 숭배한다

새가 당황한다

고뇌한다

처음과 다른 교감

불안해한다

이번엔 내가 새를 안는다

새가 날개를 두려워한다

공포스럽다

소름이 끼친다

나는 새의 하루를 결정한다는 착각에 빠진다

새는 날개에 대한 확신이 없다

의심이 싹튼다

새는 이별을 염려한다

상처받지 않으려 애쓴다

초조하다

침울하다

쓸쓸한 것의 목록을 떠올린다
욕망하는 것과 욕망 아닌 것이 분리된다
새는 새를, 나는 나를 경멸한다
새장 같은 자학과 자책이 발생한다
회의적인 새와 부끄러운 나
혐오는 하지 말자고 다짐한다
서로에게 체념을 내민다
각자 자신을 견딘다
새가 떠난다
알이 남는다
알이 나를 부화시킨다
인간도 새도 아닌 기형이 할딱인다

호모소모품스*

오늘의 내가 어제의 나를 표절했다
형벌도 각주도 없이 지금의 세계는 무탈했다
패배는 칼로리가 높았고
실패는 자꾸만 비대해졌다
존재의 가벼움은 책 속에서만 발굴됐고
출근의 의지와 퇴근의 의지가
무릎의 쓸모를 이어 갔다
안과 밖이 구분되면 오랜만에 일요일이 도졌다
흔한 십자가 아래엔 질문들이 퇴적했고
나에게 찾아온 대답은 매번 내 것이 아니었다
내가 나를 위로하는 것은 무슨 저의이고
내가 나를 비난하는 것은 무슨 계약이었던가
월요일과 금요일의 차이를 알 필요 없는 생활
규격화되는 일로 결심을 버릴 수밖에 없는 생활

3교대를 마치고 돌아오면 위가 자꾸 뒤틀렸다
밥솥 안에선 딱딱하게 굳어 가고 있는 밥알의 표정들이
나를 측은하게 바라볼 때

격정적인 메시지를 보내던 추의 떨림은 유일한 친밀이었다
일용할 양식 앞에 무릎 꿇리던 압력은 한결같이 힘이 셌고
쉰내 나는 희망을 퍼먹었다
기다리는 것들의 독한 심지를 독하지 않게 맛을 봤다
죽음이 노크하다 돌아서지 않는 게 다행이었다
끝까지 잔인하게 신의 입맛을 돌게 하는
생존이라는 의지
아직은 내 안에 풍부했다
무덤 속 같은 어둠과 한번 더 결속했다
나는 이 도시의 하부구조에 최적화된
최저임금을 위한 소모품이었다

* 조어, 소모품화된 인간을 나타낸 말

조커처럼 비참의 극단까지 가 본 적 있니?

—어떤 소수자의 목소리로

위선은 친절의 다른 얼굴이야

양들의 침묵과 똥파리의 주인공처럼

양과 똥파리는 가면이거나 비유일 뿐이야

너희들은 한번도 내 목소리를 귀담아듣지 않았지

웃음의 직전과 직후에 대해 말해 주지 않았어

동서남북과 위아래가 전부 코미디 극장이란 생각 안 드니

엄마는 여전히 착각과 망상의 포로가 되어 비참을 자처하고 있어

끝까지 웃는 자가 승리하는 거라며

수많은 오해와 다분한 모략을 견디라고 말했지

희망은 아주아주 늦게 도착하는 버릇을 가지고 있는 데도
말이야

태양 아래에서도 어둠인 자는 역설을 품는 버릇이 있지

날마다 울고 싶은데 날마다 새로운 극단이 찾아와서 허탈
을 삼키며 웃고 또 웃었지

그래 맞아 눈물을 허용하지 않는다고 해야 하는 게 더 적
절하겠지

이젠 비열하게 웃는 게 특기가 됐어

조커처럼 비참의 극단까지 가 본 적 있니?

언제 우리 만나 누가 더 괴물처럼 살았는지 비교해 볼래

셀럽*

떨어지기 좋은 알맞은 높이를 증명하기 위해 카메라 앞에
섰어요

큐, 사인이 오면 난 대본 속 사내보다
더 실감 나는 캐릭터

전성기를 향해 가는 건 어려웠지만
무너지는 건 한순간이었어요

인정해야 했어요
해골을 닮은 뻔한 질문이 쏟아졌어요
무서워해야 하는데 무덤덤했어요

마지막인데 스포트라이트를 받았어요
이것도 욕망이었을까요

화려하게
황홀하게

낭만적으로
목을 꺾는 꽃처럼

줄을 매달 장소가 필요했어요
욕실이 편할까
무럭무럭이 한창인 숲이 좋을까
고민을 하다 한나절을 더 보냈어요

TV를 켰어요
유튜브를 봤어요
검색을 했어요
난 과거형이 되어 있었어요

신의 목소리가 들렸어요
나의 유일한 신이었던 알약
다 털어 넣고 눈을 감았어요
감은 눈 속으로 별들이 쏟아졌어요

죽기 직전

검색 순위 1위가 된 내가 보였어요

*celebrity, 인지도가 높은 유명 인사

선택

폭죽과 폭탄 중에서 난 폭죽을 선택했어요
어차피 주성분은 같으니까요

그거 생각해 본 적 있나요
폭죽이 터질 때 공중이 얼마나 아파하는지

폭탄이든 폭죽이든
지금만 사는 나에겐 주저함이 없었어요

광견병에 걸린 개처럼 공중을 물어뜯겠어요
한여름 밤의 피
내게만 보일 거예요

아, 혼자니까 생일날 폭죽은 괜찮겠죠

혼자 축가를 부르고
혼자 박수를 치고
혼자 일요일을 견딘다면

혼자라는 단어도 지겨워지겠지요

그것마저 귀찮아지면 기념일을 전부 잘라 낼 거예요

생일인데 밥은 먹었니?
내 기념일을 나보다 더 선명하게 기억하는 사람이 있다면
슬퍼할 일과 불편한 일처럼 보이겠지만,

선택이 원인인지 과정인지 결과인지
미래인지
알 수가 없어서

난 나를 지우는 선택을 할래요
비겁하지만 폭죽을 삼킬래요
눈물 아니면 구토
고독 아니면 치욕인 날들

어차피 결론은 같을 테니까

바깥을 전부 사양할래요

마지막까지 혼자만 아는 혼자로 남을래요

청소년

한계를 확인하는 자리
한계를 뛰어넘고 싶은 자리

어제의 나와
오늘의 나가 매우 다르다고 느끼는 자리

농담과 진담 사이에 셔틀이 있는 자리

소년과 청년이 분리되면 좋으련만

소년은 청년을 감행하고
청년은 소년을 잊으려고 하는 자리

중심에 내가 없을 땐
계획이 틀어질 땐

별 볼 일 없어서
아무것도 내밀 게 없어서

다른 걸 보고 싶은 자리
다른 게 되고 싶은 자리

너무 늦게
아니 너무 빨리 세계를 알아 버린 자리

교과서보다 힙합을 더 사랑하면
미래가 미리 오게 되는 자리

답은 자신 안에 있다고
철들 필요가 없다고
말한 사람의 부조리가 쉽게 보이는 자리

불가능은 익숙하고
가능성은 신비감을 잃어서

대답을 들을 필요 없는 질문을
매일매일
자신에게 던질 수밖에 없는 자리

로드킬

　슬픔의 피를 밤새 빨렸다 기억의 등뼈가 휘청거렸다 일어
서고 싶었지만 별들의 참견이 다분했다 고상한 명분과 속물
적인 생각들이 변별점을 잃었고 3류 드라마를 위하여 방향성
이 사라졌다 명분도 충고도 없는 상태가 지속됐고 허기를 채
울 수 없는 유령이 심장 앞에 버젓이 출몰했다 차갑거나 따갑
거나 허하거나 쏩쓸하거나 헐떡거리지 않았다 가질 수 없는
표정과 숨소리와 목소리가 실감으로부터 멀어졌고 신이 소
환하면 앙상한 의식이 파열될 것만 같았다 목격자가 바이러
스와 벌레와 곤충과 짐승들뿐이라서 망설이는 것은 사치였
다 다짐이 완전히 사라지기 전에 재빨리 후회를 해야 했다

　이럴 줄 알았으면 고백은 그때그때 하는 건데, 나를 길들
이려고 했던 위계와 질서에게 욕설을 해 줬어야 했는데, 아
비라는 이름을 갖고도 아비를 찾지 않은 콤플렉스 따윈 버
렸어야 했는데, 사기 친 자와 음해한 자들을 나의 분노 속에
서 게워 낸 후 돌려보냈어야 했는데, 어젯밤 비싼 요릿집 앞
에서 3초간 머뭇거린 못난 태도를 0.5초 만에 버렸어야 했
는데, 관계의 낯섦과 어색함에 얽매인 당신들에게 내가 먼

저 거절하는 자세를 내밀었어야 했는데, 나로 인해 죽었던 동물과 식물들에게 일요일마다 사과를 했어야 했는데, 구질구질한 거처 속에 남겨진 나의 미완성 작품들을 깨끗이 버렸어야 했는데…, 자꾸 후회가 명징해졌다 눈을 뜬 채 세상을 감았다

광장의 얼굴

뒤집어쓰는 순간
안쪽의 얼굴과
바깥쪽 얼굴이 갈라진다
갈라진다는 건
분명한 색깔을 갖는 일
안쪽은 바깥을 수렴할 수 없고
바깥은 안쪽을 탓할 수 없다
그럴 때 광장은 또 하나의 가면
오늘 보여 준 안쪽의 표정이
바깥에서 그대로 나타나지 않는다
처음부터 목소리의 연대가 아니라
가면의 연대였는지도 모른다
목소리를 가질 때
얼굴은 탄생하고
얼굴은 표정이 되고
표정은 마침내 태도가 되는데
목소리가 사라지자 가면만 남았다
물론 가면을 믿지 않는 사람도 있다

1인 시위보다 천막 시위가
천막 시위보다 깃발 시위가
더 힘이 셀 것 같은데
갑자기 폭우가 쏟아지면
가장 힘이 센 건 1인 시위다
끝까지 흩어지지 않고
변방을 지킨다
300일째 팻말을 목에 건
하나뿐인 그의 젖은 의지
오늘도 외유내강이다
극한이다
무한이다

연습생

언제나 2%가 부족하대요 연습만 하다 어른이 될 것 같은데 자꾸 성장을 하래요 진심이나 진실은 몸으로 표현한 것만 통하죠 내가 있을 때나 없을 때나 연습실은 연습을 반복했어요 먼지 낀 환풍기 같았죠 성공은 땀방울에 비례한다, 사훈을 복창하면서, 호출 말고 호명이 다가오길 기다리면서, 스케줄이란 황홀한 말이 입 밖으로 나오는 찰나를 위해 실패를 부정했어요 괜찮아요 패배는 아니니까요 매순간 자존심이 상하거나 서러워할 틈을 주지 않았으니까요 인형보다 더 빨리 착해지는 방식을 먼저 터득했으니까요

내가 사랑한 것이 꿈이었을까요 무대였을까요 굳은살처럼 질문들이 쌓여 가도 연습실 밖을 서성이는 아이들은 많아요 꿈을 관리받고 싶은 아이들이 예지몽처럼 태어나서 무럭무럭 자라나요 내 앞의 전신거울은 왜 보고 싶은 것만 보여 주는 걸까요 역사 이래 거울은 한번도 속마음을 보여 준 적 없는데, 아이들은 왜 거울이 내일을 증명하고 증언한다고 믿을까요

변장할 필요 없어요 색안경과 마스크를 쓰고 다이어트 음료를 사러 가면 돼요 우리들의 앞날엔 미세먼지보다 교묘한 신비주의가 잔뜩 끼어 있으니까요

家長

지는 건 되지만 무너지는 건 안 된다

양심을 선언에게 맡겨도 되지만 앞장서면 안 된다

비굴 앞에서 비겁해도 비참을 떠올려선 안 된다

이러지도 저러지도 못 하는 상황 속에 놓이면 안 된다

떳떳한 것과 당당한 것의 기준을 삼아선 안 된다

먼저 빠져나왔다고 머뭇거리고 괴로워해서도 안 된다

사랑해도 안 되고 사랑 안 해도 안 된다

척을 잘해야 할 때와 못해야 할 때를 구분해선 안 된다

진보와 보수, 다른 말을 다르게만 인식해선 안 된다

반성해서도 안 되고 부끄러워해서도 안 된다

한 시간 전보다 참혹해도 뛰어내려선 절대 안 된다

새들처럼 구름처럼 바람처럼 시체처럼 가면처럼, 처럼을 껴입어서도 안 된다

웃는 건 된다 울어도 된다 그러나 들키면 안 된다

그 어떤 순간에도 끝장이란 단어가 끝까지 괴롭히게 만들면 더더욱 안 된다

안목

독수리는 안목을 갖기 위해 속도를 탕진했고
고인돌은 안목을 갖기 위해 시간을 탕진했다

독수리가 고인돌 위에 앉아 젖은 날개를 말릴 때
고독처럼 둘은 한 방향이다

이것은 안목과 안목이 겹쳐지는 방식
속도가 사라질 때까지 속도를 사랑하는 방식
시간이 살아날 때까지 시간을 갉아먹는 방식
허기를 느끼면서 동시에 식욕을 잠재우는 방식

오랫동안 평화가 민낯을 가질 때
부리에 묻은 핏물을 돌 위에 쓱쓱 닦을 때
언젠가 허공을 내려놓고 죽을 때
어미 독수리는 불안해하지 않는다

생의 안목이 돌의 안목이 되어 쌓인 후
어린 새끼에게 전달되기 때문일 거다

눈먼 점쟁이는 어둠을 살기 위해 안목에 예민해졌다
운명을 감당할 수 있었던 건 언제나 안목의 힘

모든 안목은 항상 더 먼 곳에 닿으려 한다
절대 설명하지 않는다
그저 그 자체로 눈이다

훅

훅은 힘이 세다

한번의 몸짓으로 빈틈을 만든다
그 틈으로 자신의 모든 기운을 집어넣고
상대방을 한 방에 무너뜨린다

훅은 야만성이 아니라 가능성
몸에 말랑말랑한 뿔을 내장하고
저절로 자라나는 탄성을 키운다

그러니 방심하면 훅 간다는 말
사랑이 될지 절망이 될지 아무도 모른다

자정은 훅이 번식하기 좋은 시간
월세방은 훅의 근육이 단단해지기 좋은 공간

빈민촌에서 혼자 사는 노인은
훅이 항상 가까이에 와 있음을 안다

고드름은 훅의 뼈가 되고
염천은 훅의 혀가 되어
어느 날 문득,
문득을 거침없이 실천할 거다

그러니 괴로움과 슬픔과 번아웃을
훅처럼 달고 있는 사람은
몸이든 마음이든
급소를 들키지 말아야 한다

빛이 전부 사라졌다고 생각되는 계절엔
더더욱…

맨드라미처럼

옥상 위 사람들
현기증 속에서
붉은 지뢰를 왜 하나씩 품고 있나
햇살의 압력은 약하고
비탄의 장력은 질겨서
다년생을 그만 끝내고 싶다는 생각
이미 숨 막히도록 촘촘한데
왜 꽃처럼 폭발하고 싶어서 안달인 걸까
뇌관이 심장 속에 있다는 걸 처음 알았을 때부터
자기 자신을 완벽하게 비난할 수 없어서
광장을 참고 또 참는 수밖에 없어서
위선을 신뢰하는 정수리와
밀실을 사랑하는 혓바닥으로
질문을 덧씌우고 또 덧씌우면서
깨알 같은 분노를 옆구리에 쟁여 놓으면서
확실한 절망을 품고 살았으면 그뿐인데
모든 지뢰는 왜 착하지 않다고 여기는 걸까
울음이 망각으로 바뀌는 속도를 아직도 믿지 못하는 걸까

극단을 감지하는 능력
뒤꿈치를 누르는 순간 쏟아지는 능력
한번 사용하면 끝장인데
왜,
왜!
왜?
태양에게 자꾸 머리를 들이미는 걸까
도화선을 든 채 라이터를 켜고

비상구에 대한 역설

건물은 비상구를 전부 갖고 있는데
사람만 갖고 있지 않다

아니다 누구나 비상구가 있다
그저 사용하지 않을 뿐이다

스스로 폐쇄시키거나 열지 않는 사람들
그중에 한 명은 기필코 내 어머니다

처음부터 갖고 있지 않았던 사람처럼
어머니는 어머니를 끝까지 탈출하지 않았다
평생 누군가의 비상구만 되어 준 이력

어머니의 등엔 날개가 없었다
아니 펴지 않았다
마음속 비상구를 한번도 들키지 않았다

그래서 어머니가 돌아가신 날 나는 궁금했다

비상구가 처음으로 열린 걸까
마침내 닫힌 걸까

3부

금요일 밤의 자학

눈꺼풀의 무게

이것의 무게를 가늠하는 건 눈동자의 소관

마지막 순간 무언가를 전하려고
한번 떴다 감았던 눈꺼풀

얼마나 무거웠으면 저렇게 굼뜬 기척을
마지막에 내밀었을까

눈동자는 보이는 것의 목적과 방향을 해석하려고
전 생애를 탕진했고,

눈꺼풀은 보이는 것과 보이지 않는 것의 경계를 살면서
안간힘 쓰다가
마침내 멈췄다

아, 당신이 감당해야 했던 것은 보이는 것이었을까 보이
지 않는 것이었을까

죽은 자들이 자꾸 말을 걸어온다고
눈을 뜨곤 도저히 살 수 없다고
인정사정없이 암전과 한 몸이 되어 버리다니

결국 보이는 것으로부터 훨훨 날아오르려고
보이지 않는 것으로의 망명을 신청한 것일까

죽음 직전의 눈동자가 던져 준 유언을
상징으로 만나고 말았으니
이젠 남은 자들은 유언의 여운이 되어 떠돌아야 할까

너무나 아득해서 눈을 감는다
당신이 남긴 보이는 것들과 보이지 않는 것들이
한 몸이 되어
먹먹하게
막막하게 밀려온다

관찰자

유치원에서 딸아이가 울면서 돌아옵니다
울음은 착합니다

누군가 엄마가 없다고 놀릴 때마다
아빠마저 없는 것보단 낫잖아
그렇게 소리치라고 차마 말해 주지 못했습니다

한쪽만 있다는 건
불편한 것일까요
부끄러운 것일까요

사라지기 좋은 계절이란 걸 압니다
채팅하던 사람이 자살을 한다고 선언을 했습니다
조문을 가고 싶은데 사는 곳을 모릅니다

나에게 말을 거는 종교 전파자를 가끔 만납니다
귀찮아할 때까지 경청합니다
인상도 좋고 눈도 선한 당신들

최선을 다합니다만
나의 걱정거리가 지천이고
지척인 이유에 대해 말해 주지 않았습니다

택시를 타면 미터기를 걱정합니다
라디오는 왜 기사가 원하는 주파수만 갖는지 알 수 없지만
내가 사는 도시는 오후 4시부터 정체라서
불안과 불신이 밀려옵니다

새가 나에게 인사도 하지 않고 날아갑니다
나무 위 빈 둥지가 불현듯 궁금합니다
알 대신 무엇이 웅크리고 있을까요

관찰과 관찰자의 차이를 알아 가고 있습니다
내 숨통을 조이는 역할을 타인이 하는 게 아니라
내가 스스로 한다는 생각

딸아이는 자라면서

관계라는 말도 습득해 갈 것입니다
대답이 뻔한 질문들을 다분히 나에게 던질 것입니다

당황하는 척을 하며
감당해야 할 세정細情*에 대해
거리낌없이 말해 줄 수 있을까요

*세세히 맺힌 정, 자세한 사정이나 형편

운지 運指

처음부터 당신은 미를 누르며 왔지요
미는 발단을 막 지난 전개의 자리
혀와 바람이 마침내 섞이길 원하는 자리

우리의 연애는 설렘을 막 벗어나려고 했지만
손가락이 더 많이 필요한 사람처럼 서툴렀어요

위기는 파와 솔을 건너뛰는 것

난 당신에게서 벗어나려고
하루는 파를
다른 하루는 솔을 고집했지요

머뭇거리는 사이 눈이 내렸어요
아득하게 다가오던 라의 기척들
붙잡을 새도 없이 녹아 버렸어요

딱 거기까지만 도달해도 좋았을 텐데

서로에게 가 닿지 못한 파동이
한동안 혼자만 아는 허밍을 날렸어요

끊임없이 발병하는 시, 시, 시
맹목적인 극단과
허무주의가 전염병처럼 번졌어요

수직의 감정을 품었어요
모든 음악이 곤두박질쳤어요
도가 치솟았어요

노래 속을 빠져나오지 못한 채
스스로 자신을 조율하지 못한 채
떠돌던 밤

마음의 현이 툭 끊기고
이젠 정말 끝인가

뒤돌아서는 사이
도를 뛰어넘는 도道가 맴돌기 시작했어요

금요일 밤의 자학

신의 목적에 부합하기 위해 하루를 더 살았다

말씀은 말씀의 객관성을 갖고
실천은 실천의 주관성을 갖는다

어디를 가든 불안과 불편과 불온이 동반된다
기분은 젖거나 마르거나 둘 중 하나이고
욕실은 씻겨질 수 없는 것들을 증명한다

샤워기 앞에서 이젠 울지 않기로 하자
눈물의 목적은 위로가 아니라
자학 아니면 자책이니까

주석도
프롤로그도
에필로그도
전부 주목받지 못한 분위기를 취하고 있으니까

다 내 잘못이니까

하루를 더 살았다면 지금 여기에 도달한 몸속 수치심을
확인하세요
거품을 제거하세요
나를 포기하지 않은 거울의 목소리가 들린다

표정 관리를 또 해야 하나
왜를 남발하는 사람들에게 한번 더 왜를 던져야 하나

나는 나의 방식으로 안쪽을 이해했을 뿐이다
비굴이란 성분이 심장을 갉아먹을 때마다…

인간 실격*

　어차피 신이 있다는 건 죽은 자만이 아는 사실이야 혜화동성당 앞에서 날마다 회개를 할 때 내 몸속을 순례하던 절망은 왜 빠져나가지 않았을까 십자가 아래에서 도피처를 하나 더 만들면 나아질 거라는 착각을 왜 방치했을까

　대본을 들고 지하 연습실에서 지하 월세방으로 이동하면 내게 주어진 지문은 *씩씩하게 당당하게*가 아니라 *오래된 시체처럼*이 더 잘 어울리곤 했지

　난 비웃음의 직속인 게 분명해 조연을 위한 조연에 의한 비극이라고나 할까 오늘 낮엔 2명의 관객 앞에서 퀴퀴한 냄새를 풍기는 1인극을 했어 초대권으로 입장한 사람들은 끝까지 박수를 치지 않았지

　그럴 때마다 난 역설법을 동원했어 그저 찬란한 어둠에게 매진당했을 뿐이라고, 종합예술이라는 사랑스러운 변명을 한번 더 사용했지 뼛속까지 파고드는 비난과 자기혐오라는 나쁜 표정을 삼키고 되새기며

방에 들어서니 적막이라는 무대에서 선인장은 죽지도 않고 버티고 있었어 선인장의 대사는 단호하고 뾰족했지 *그래도 아직은 에필로그 시간은 아니야 한번 더 버텨 봐* 회피와 도피란 말을 제일 싫어하는 근엄한 나의 아버지 같았지

치욕과 나약함의 등급은 어디까지일까, 난 내가 인간이길 거부하는 인간으로만 보였지 그 순간에도 홍보 문자가 날아왔지 출연료 3억이 넘는 배우의 영화가 1000만 관객을 돌파했다는 소식… 그것도 울면서 연극판을 떠난 친구로부터 말이야

* 다자이 오사무의 책 제목

송곳

송곳을 하루 종일 만진 적이 있어요 만지면 만질수록 찌르고 싶은 밤이 자꾸 늘어났죠

일요일엔 일요일에 적합한 슬픔이 떠올랐지요 식당 주방에서 10시간 동안 불판을 닦는 아르바이트를 하면 검게 눌어붙은 애인의 목소리가 들렸어요

혐오란 말이 그때 불쑥 내게 찾아왔어요 동물성 기름을 뒤집어쓴 듯 젠장, 젠장을 남발했어요 지구의 급소가 궁금해지고 한 방향 한곳을 향해 집중하는 버릇이 생겨났어요

마약에 취한 듯한 구름이 지나갔어요 내 마음은 왜 자존심도 없이 그렇게 푹신한 걸 좋아하는 걸까요 그것이 더 화가 났어요 뭉쳐진 상상으로부터 송곳이 불쑥불쑥 솟아올랐어요

점점 더 자라고 있는 송곳을 어디에 숨겨야 할까요 머릿속에 담으면 송곳이 나를 감시하고 심장 속에 넣으면 기분을 발산해요

식당 주인이 이제 그만 나오라고 하는데, 애인이 생일 날짜를 알려 주는데 뾰족한 것들은 눈치가 하나도 없어요

내가 나를 찌르면 어떤 피가 나올까요 빨간 피를 줄까 하얀 피를 줄까 선택하라면 난 당당히 검은 피를 달라고 말하고 싶은데, 깊숙한 곳에 송곳을 품은 나를 아무도 신경 쓰지 않아요

악순환

나약함으로 꽉 찬 공간이 있다 거울은 괴롭다 가슴에 새겨진 타투가 암시하는 의미를 감내하긴 싫지만, 문양도 표정이라서 꿈틀거리는 장미꽃이나 1년 내내 날고 있는 새를 품는다 때때로 심장 안쪽에 가시가 맺히는 일이 돋아난다 이별이 심장을 할퀴어도 참는다 너는 아기 고양이를 남겨두고 돌아오지 않는다 대신 버려 주라는 건지, 떠난 후 끝까지 키워 달라는 건지 알 수 없어서 고양이에게 그루밍을 내민다 고양이가 네 이름을 뒤집어쓰게 한 후 데운 우유를 주기 직전 질문을 던진다 *고양이를 새기지 않았냐고 그때 왜 물었니?* 야옹야옹, *내가 월세를 벌기 위해 출근할 때 나를 얼마만큼 사랑했니?* 야옹야옹, *쥐처럼 쫓기던 나를 언제부터 알고 있었니?* 야옹야옹, *넌 재부팅 같은 남자를 어떻게 생각하니?* 야옹야옹… 가짜 꼬리를 보고 끊임없이 잡으려고 도는 고양이처럼 질문이 돌고 돈다 일주일 내내 괜찮은 주인으로 나를 포장하는 놀이를 한다

언제나 타투는 새길 때보다 지울 때가 더 많이 아팠다
그걸 알면서도 너는 너를 반복했다

지우고 새기고
아물기 전에 떠나고
돌아오고
혹은 돌아오지 않고…

문

방금 당신이 찢고 나간 장면 속에서 나는 엉망진창이에요

심각은 문과 문 사이의 관계
불륜은 문과 문 사이의 연계

미닫이를 좋아하나요
여닫이를 사랑하나요
어느 쪽 앞에 서야 더 비참해지지 않나요

그래요 각자의 상상대로 여기 아니면 저기

미리 엔딩을 정해 놓으면 재미없어요
여분의 궁금증이 남아 있게 내버려둬요

똑, 똑, 똑, 쇄골을 노크하면
쿵! 쿵! 쿵! 심장이 대답할지 모르니
헤어질 때마다 제스처가 필요해요

괜찮다는 듯
괜찮을 거라는 듯

돌아서는 순간
우린 각자 주인공이잖아요

헤어진 다음
애착은 금물이고

무표정 위에 무표정을 덧씌우는 일이 최선일 뿐인데

왜 난 열린 곳에서 갇힌 기분이 드는 걸까요
갇힌 곳에서 한번 더 갇히는 고독이 되는 걸까요

알레르기

재채기를 부추긴 것이 한 마리의 고양이이거나
확신에 찬 발톱이라고 아직도 생각하나요

당신과 내가 자주 갔던 생선구이 골목에서
물고기 유령들이 가시만 남은 몸으로
헤엄쳐 다닌다는 농담을 잊어버렸나요

스웨터를 입은 채 선언하길 좋아하는 당신은
조심했어야 했어요

나의 뒤를 그림자가 따라오고
그림자 뒤를 고양이가 따라오고
고양이 뒤를 당신이 따라올 때,

나의 알레르기는 명백해졌어요
비린내 때문이 아니에요
고양이 때문은 더더욱 아니고요
당신에 의한

당신을 위한
재채기가 발병한 거였어요

알레르기도 권태가 될 수 있다고
당신이 말하고 말았지요

우리 이제 그만 만날까
당신의 선언을 밤새도록 긁었어요

내 몸 안에선 집요하게 낙법이 자라고 있었어요

지금 이 순간 추억은 음성입니다

구로역 3번 출구 앞 광장에
임시검사소가 마련되고
여름은 길고 무겁고 무더웠다
방제복 안으로 줄줄 땀이 흘러내려
땀의 성분 중에는
공포도 있을 것만 같았다

어느 날 첫사랑이 찾아왔다
유리 벽 너머에서 그녀가 클로즈업되고
우리의 거리가 30년 만에 가까워졌다
알코올 냄새 앞에서
옛날과 옛날 사람이 돌올해지고,

그녀가 눈을 감았다
오랜만에 밀착할 수 있었던 이목구비
저를 믿고 고개를 더 뒤로 젖히세요
믿으라고 말한 나에게 내가 흠칫 놀랐다
그땐 왜 그 말을 끝내 하지 못했을까

주유총을 연료통 주입구에 꽂듯
검사용 면봉으로 그녀의 코를 쑤셨다
찡그린 얼굴
까칠한 손
순간적인 떨림은 부질없었다

무탈한 것만이 최선이던 시절
우리의 거리두기는 그렇게
한번 더 펼쳐졌다

혼밥

혼자 밥 먹을 자유마저 없는 거니?
내가 당신에게 남긴 말 때문에
밥이 넘어가지 않는다

모든 편의점은 편리하지만
마음은 영영 불편해서
자정 너머로 간다

숲을 벗어날 때
비로소 온전히 숲이 보이는 것처럼
2인용 식탁을 빠져나오자
전모와 저의가 드러난다

보이는 건
당신일까? 나일까? 우리일까?

전화를 선뜻 하지 못하고
수십 통 문자를 남기는

마음이 도착한다

난 너와 혀를 나눠 가지려는 게 아니야
맛을 공유했을 뿐이야
어떤 맛인지
떠오르지 않아
즉석식품처럼 쓸쓸해진다

맛과 헤어지는 기분이라고 해 주자
멀쩡해 보이는 사람이
오늘따라 밥맛이 없다라는 말을
자주 할 땐
이럴 바엔 사 먹는 게 낫겠어
그런 말은 하지 말았어야 했다

밤은 언제나 감춰져 있는 걸
드러내기에 적당해서
나는 밥보다 밤을

밤보다 혼자를 신뢰한다

물론 누군가 나를
다정하게 부르면
혼자 밥을 먹다가도
무심코 뒤돌아보겠지만,

토요일 밤 8시 55분의 공상

어쩌면 난 이렇게도 시청률이 낮은 걸까요
아웃사이더 하나만 집요하게 연기하고 있습니다
나에게도 드라마적인
속물근성과 과장법을 주세요
클릭, 클릭, 저가의 쇼핑을 허락해 주세요
이때만은 내가 주인공입니다
장바구니는 넘쳐나고
택배기사는 바빠집니다
오늘의 대본에선 나의 신용도가 갑자기 높아집니다
무능한 아빠와 착한 새엄마를
모르는 사람으로 바꾸는 건 너무나 쉽습니다
우연히 누군가와 부딪치고
누군가와 사랑에 빠지게 해 주세요
나이 많은 남자나
나이 어린 여자가
부부로 있는 집에 초대받고 싶습니다
막장이란 말이 끼어들수록
흐름을 방해하는 말은 하지 마세요

간접광고가 빈번해도 웃어 주세요
광고주와 친구가 되거나
애인이 되거나 원수가 되어
다음 장면을 간택할 겁니다
사랑의 목적과 상관없이
클라이맥스가 찾아질 때
연속극처럼 꼭 반전 앞에서
긴장감 넘치는 음악을 틀어 주고
애인이 악녀로 돌아서기 전에
내가 먼저 삼각관계를 배반하게 해 주세요
알고 보니 애인이 혈족이 되는 뻔한 스토리를
당신들은 지금까지 잘 소화시켰잖아요
오직 내가 원하는 건
가난한 내가 가난한 여자를 사랑하는
재미없는 스토리 하나뿐입니다
예이 한심한 놈
9시가 되면 신은 재빨리
지상의 채널을 돌릴 겁니다

올해도 미취업자 수는 넘쳐 나고
어느새 난 뉴스 속 엑스트라가 되어 있을 겁니다
공상을 그만 끝낼까요
아니면 자기소개서를 한번 더 고칠까요

만약 내가 불타는 종이의 유언을 듣게 된다면

내가 종이를 버린 게 아니라
종이가 나를 버린 거라고 확신하게 될 거다
종이는 나의 모든 걸 알고 있다
내가 가진 솔직성의 한계를
밤새 나를 내려다본 형광등의 측은한 태도를
연애의 감정이 쓸모없게 변한 순간을
내가 쓴 시가 내가 죽은 후에
누군가에 의해 읽히지 않게 될 예감을
취미는 없고 취향만 있는 결핍을
감당하지 못한 동물성과
실천하지 못한 식물성을
어설프게 흘려보낸 한밤의 열기를
아침마다 휘발된 줄 알았는데
주기적으로 다시 찾아오던 좌절의 민낯을
매번 망설인 것이 글자가 아니라
종이만 보면 움츠러들던
상투적인 나의 목소리였다는 사실을
정해진 비극을 향해 무작정 몸부림쳤던

낮의 자책과 밤의 자학을

재만 상징처럼 남는다
땅속에 묻는다
그 자리에 그 어떤 것도 피어나지 말라고 기도한다

뒷모습증후군[*]

당신은 뒷모습뿐이군요 감춰진 표정은 어디 있나요 처음 듣는 숨소리가 등을 타고 내려와요 종이에 무언가를 쓰고 읽는 당신의 앞모습을 난 상상할 수 있지만 해석할 순 없어요 뒤가 앞이 되고 앞이 뒤가 되는 마법이 이젠 지겨워요 중첩과 투영 중에서 어떤 것이 더 다정다감한가요 내 눈동자가 자꾸 미끄러져서 뒤꿈치가 흥건해지는 것을 한번이라도 느끼나요 뒤돌아볼 수 없으니 슬픔의 이목구비가 더 뚜렷해지고 있겠지요 혼자만 아는 감정이 돋을새김해도 고개 숙이지 말아요 축 처진 곡선이 활시위 같아서, 울음을 우주 너머까지 쏘아 올릴 것만 같아서 내가 먼저 돌아설래요

등과 등이 대화하는 법을 터득하면 당신은 그때 우리라는 감옥을 슬그머니 빠져나가겠죠 손을 잡고 나란히 걸으면서 등도 쓸모가 있다고 말했던 기억을 삭제하겠죠 초조한 태도를 들키지 않아도 되니까 어차피 침묵은 대화의 변종이니까 등이 참 편안한 입장이라는 걸 뼈저리게 느끼겠죠 나를 위해 과일 접시를 준비하거나 우산을 내밀 필요 없어요 가까운 뒤에서 먼 앞사람이 되는 법을 난 이미 알고 있으니까요 허무

와 선언만 걸쳐져 있는, 내용도 형식도 없는 등에선 오늘밤 온도마저 감지되지 않으니, 예감만이라도 딱 한번 안아 봐도 될까요 등이 고요히 닫히는 걸 이젠 그만 허락할래요

* 함께 있을 시간이 부족해 얼굴보다 뒷모습이 더 익숙해진 사회현상에서 나온 말

포지션

당신이 좋아하는 구름과 내가 좋아하는 태양이 이별하기
좋은 장소는 어디인가

꽃이 아무도 몰래 자신의 감정을 떨구기 좋은 자리는 어
디인가

서울시 강남구에서 광장이 되기 좋은 장소는 어디인가

기계와 기계적인 사람이 만나는 지점은 어디인가

혼자 사는 사람이 외로움을 처음 느끼는 장소는 어디인가

먼지가 쌓인 책꽂이 속 책이 가능성을 갖는 지점은 어디
인가

죽은 사람과 대낮에 만나기 좋은 장소는 어디인가

고독한 상태와 고독하지 않은 상태가 구별되는 지점은 어

디인가

개를 버린 사람이 어둠에게 유기되기 좋은 장소는 어디
인가

마음먹고 떠난 후 마음먹은 것을 놓고 돌아오기 좋은 자
리는 어디인가

불현듯과 마침내 사이 사랑이 머뭇거린 자리는 어디인가

시집을 읽다가 이미지를 따라가다가 맥락을 놓치고 서성
이는 자리는 어디인가

대답할 필요 없습니다 이것은 나를 위한 설의법일 뿐입
니다

사과의 연대

소심한 할머니는 유언만은 분명했다
무덤 앞에 사과나무를 심어 달라 했다
죽음의 호위를 받으며
나무는 긴장했다
새들이 나무에게 숲의 심장을 물어 날랐고
피가 잘 돌았고
옆구리가 자꾸 길어졌다
어디가 상반신이고
어디가 하반신인지 알 수 없었다
하지만 가지에서
또 다른 가지가 뻗어 나갈 때
그것이 사과의 의지라는 것을 알았다
몇 해가 지나자 나무는
척을 잘하는 사람처럼 서서
사과를 재구성했다
봄엔 머뭇거림 없이 꽃을 피웠고
여름엔 과감하게 사과를 내밀었다
온갖 벌레와 새에게

몸을 내주는 방식까지 적극적일 때
누군가 소리쳤다
할머니와는 정반대야
사과를 돌보지 않던
후손들은 궁금해졌다
사과는 할머니의 사과가 분명한데
누구를 위한 사과일까
자신일까? 자신 바깥일까?
그렇다 살아 있을 때 사과는 쉽지 않다
죽어서 사과는
물음 혹은 가능성으로만 남는다

계절이 체념과 침묵을 가질 때

역마살을 품은 계절은 살짝 들떠 있었다
소금쟁이의 발을 하고
겨울과 봄 사이
다리를 걸치고
다음 행선지를 간택하는
상상에 젖어 웃고 있었다

그런데 뒤돌아보는 순간 난감했다
지나온 자리마다
패륜이 낭자했다
사막은 폭설과 눈이 맞았고
얼음은 고체의 삶을 버리고
범람에 합류했다

둥둥 떠내려가는 타이어와 페트병들
난파를 즐기며
난교亂交를 감행했다

예측과 예감과 예보는 전부 빗나갔으니
이젠 안간힘이 필요 없는 세계
도미노처럼 무너지는 세계만 펼쳐졌다
적막과 울음이 밑바닥에 깔렸다

계절은 당황했다
머리가 어질어질했다
앞으로 나아가야 하는데
한통속이란 말이 듣기 싫었다

매번 같은 자리 같은 태도의 신생을
봄날엔 꼭 만나고 싶은데
쏟아지는 죽음만 목전에 있었다
온갖 색色과 욕慾이 섞여
미쳐 돌아갔다

지구가 꼭 거대한 레미콘 속 같았다

젤리

꿈속에서 너를 검색하면 너는 나오지 않고 네가 자주 가던 과일가게만 나타난다 첨부파일처럼 과일들이 놓여 있다 암호를 걸어 놓은 탓에 안쪽으로 들어갈 수 없다 단맛을 버리지 않으려고 애쓰는 자세, 생일엔 엄마가 엄마에게 깎아줄 사과가 필요하고, 재회하고 싶은 날엔 너의 입술을 훔칠 딸기가 필요한데, 처음 과일에 당도했던 햇살처럼 난 혼자 중얼거리고만 있다 다 좋아요 전부 다 싱싱해요 그건 만지면 무조건 사야 해요, 어떤 경우든 타인의 체온이 제일 무섭다고 했다 내 주변엔 체온 없는 것들이 지천인데…,

의미도 계절도 남아 있지 않게 복숭아를 분쇄기에 넣고 간다 젤라틴과 섞고 2시간을 기다린다 기다리는 동안 전화번호를 뒤적인다 대낮엔 달달한 감정을 나눌 사람이 한 명도 없다 출근을 하거나 공부를 하거나 차단을 하거나 클릭을 하거나…, 액정을 추종하듯 터치를 남발한다 트위터에선 새가 지저귀지 않고 페이스북에선 찾는 표정이 하나도 없다 젤리를 떠먹는다 물컹하고 뭉클하다 눈물로 만든 젤리도 아닌데 심장이 맛을 보는 것 같다 이젠 과일 대신 통조림만 사야겠다 너와 함께 나누던 3년 전 시간을 꼭 만나야겠다

서발턴에게 경의를

― 하린 시집 『기분의 탄생』 읽기

오민석(문학평론가·시인)

서발턴에게 경의를

―하린 시집 『기분의 탄생』 읽기

1

　이 시집은 (아무런 힘도 없이 그저) 생존을 위해 분투하며 시스템의 그루밍을 치욕스레 당해야 하는 하위 주체들의 눈물과 한숨으로 가득 차 있다. 스피박(G. Spivak)은 이런 하위 주체를 그람시(A. Gramsci)의 용어를 빌려 '서발턴(subaltern)'이라고 불렀다. 헤게모니 이론가인 그람시에게 서발턴은 헤게모니에서 배제되고 종속된 집단이라는 뉘앙스를 가진다. 스피박으로 넘어오면서 이 용어는 헤게모니에서 소외된 집단이라는 의미에 '말할 수 없는 집단'의 의미를 더하게 된다. 스피박에 따르면 서발턴이란 일차적으로 "사회적 유동성(mobility)의 모든 라인에서 제거된 사람"이다.

권력이 없으므로 서발턴은 현재 자신의 위치에서 다른 계급으로 올라갈 수 없으며 자신과 세계에 대하여 말할 수 없다. 그에겐 교육의 기회를 비롯하여 모든 공적, 국가적 자원에 대한 접근이 차단되어 있다. 이에 더하여 스피박은 서발턴을 "제도적 인정과 인준의 회로들 바깥에 있는 사람"으로 정의한다. 서발턴은 단순히 억압받고 가난한 사람들이 아니라 아무도 그 존재성을 인정하거나 인준하지 않는 사람들이다. 그러므로 사회적으로 이름깨나 있는 사람은 아무리 가난할지라도 서발턴이 아니다. 서발턴은 가난할 뿐만 아니라 권력도 이름도 없으므로 시스템 안에서 아예 보이지 않는다.

그런데 왜 이 보이지 않는 주체들을 주목해야 하는가. 이들 안에 사회의 모순(문제)들이 집약되어 있기 때문이다. 이들의 '보이지 않음(invisibility)'이 사회적 진실을 보지 못하게 하기 때문이다. 스피박은 "서발턴은 말할 수 있는가?"라는 자신의 질문에 "말할 수 없다"고 대답했지만, 그것은 서발턴을 현재 그들의 자리에 계속 묶어 두자는 이야기가 아니다. 이론이, 문학이 할 일은 '서발턴은 말할 수 없다'는 치명적 인식 위에서 그들을 말할 수 있게 하고 보이게 하는 것이다. 서발턴이 처해 있는 문제를 해결하지 않고 그 어떤 사회적 진실도 이야기할 수 없다. 서발턴은 계급적, 인종적, 성적 모순을 옷처럼 입고 있으나, 자신들에게 입혀진 모순에 대하여 말할 수 없다. 시스템은 그들의 존재를 인정하지 않으므로 그들에게 말할 기회를 주지 않는다. 설사 그들이 말을 할지라도 아무도 그들의 말을 듣지 않는다. 그들에겐 사회적 진실을 전할 헤게모니가 없기 때문이다.

꿈틀꿈틀은 나의 최대화

악천후 속에서든
공장 속에서든
나는 겨우 꼼지락꼼지락

(……)

무릎은 나의 소심화
아버지 앞에서든
교무실 안에서든
바닥은 나의 일반화

매미를 부러워했지
칠흑 속에서도
날개에 대한 목적을
버리지 않았으니까

벌레처럼을 수식어로 내밀고
벌레 같은을 뒤집어쓰게 하고
벌레 보듯을 실천하는 당신들
사라진 벌레의 행방을 한번이라도 궁금해했을까

뇌 속에 구더기를 생생하게 키우고 있는
나의 의지는 벌레화

기분의 반경마저 정해진 생활을
견디고 있는 나는
끝없는 암흑화

— 「기분의 탄생-벌레」 부분

　이 시의 제사(題詞)는 이 시를 쓰게 된 배경을 설명하고 있다.
1989년에 공고 3학년생이었던 이 시의 화자는 자동차 부품 하청
회사로 실습을 나갔다가 사고로 친구의 손가락이 뭉개지는 현장
을 목격한다. "기계에 다닥다닥 붙은 피와 살의 흔적", 그리고 "기
숙사에 들어와" "손가락을 부여잡고" 울던 "열아홉 살 친구"의 모
습을 마주쳤던 그때, 화자는 "벌레의 기분"이 "탄생"했다고 고백
한다. 벌레는 비존재로 존재하는 서발턴의 객관 상관물이다. 그

것은 실제로 존재하지만 아무도 보지 않는다. 그것은 개인 단위에서는 존재하지만, 사회적 단위에선 마치 존재하지 않는 것처럼 취급당한다. "벌레 보듯"이란 보이는 것을 보이지 않게 만드는 시스템의 사회적 기술이다. 보이지 않는 모든 것은 "무릎" 아래 "바닥"에 있다. 그것들을 보이지 않게 만드는 것은 사회적 권력("아버지", "교무실")이다. 이 시의 화자는 고3 청소년이라는 서발턴에서 노동자라는 서발턴으로 전이 중이다. 그러나 이것은 서발턴에서 서발턴으로의 이동이므로 사실상 아무런 사회적 유동성을 보여 주지 못한다. 그것은 서발턴에서 서발턴으로, 바닥에서 바닥으로 멈춰 있다. 이렇게 서발턴의 유동성을 최대한 통제하는 것이야말로 체제의 기능이다.

난 자세를 바꿉니다
희생과 번트 사이에 있는 나에게
카메라가 집중합니다

스스로 나를 아웃시켜야
지금 이 자리를 유지할 수 있다니

전력과 질주가 쓸모없는 자리
투수가 볼을 높이 띄웁니다

수비수들이 전진을 하고
1루 주자는 보폭을 넓힙니다

희생이 끝나면
엑스트라조차 되지 못하겠지요

번트에 성공합니다
스스로 죽었습니다

— 「기분의 탄생-희생번트」 부분

　서발턴은 어디까지 움직일 수 있을까. 그것은 야구 경기로 말하자면 번트에서 아웃까지이다. 야구 경기가 하나의 거대한 사회-게임이라면 서발턴은 시스템을 위하여 자신을 "희생"하는 "번트" 같은 존재이다. 그의 자리는 "희생과 번트 사이"에 있고, "전력과 질주가 쓸모없는 자리"이다. 그의 존재는 보이지 않는다. 그는 보이지 않아야 한다. 그는 매번 잊혀야 한다. 그에겐 전력도 질주도 허용되지 않으며 오로지 희생하고 사라질 것, 계속 보이지 않을 것만이 요구된다. 이것이 서발턴의 운명이다. 그런데 이런 시스템이 왜 문제인가. 시스템은 이렇게 보이지 않는 압도적 다수의 희생 위에서만 가동되기 때문이다. 서발턴은 말할 수 없고, 말해도 안 되고, 보여도 안 되기 때문에, 그에겐 지우기, 가리기, 무시하기, 인정하지 않기의 가스라이팅 혹은 그루밍이 지속적으로 가해진다.

2

말할 수 없는 사람을 어떻게 말할 수 있게 할 것인가. 하린은 1인칭 서발턴 화자를 직접 내세움으로써 이것을 수행한다. 본인이 한때 서발턴이었는지 아니었는지의 여부는 중요하지 않다. 그의 시가 자기 경험의 직접적 토로인지 아닌지의 여부는 문제의 본질이 아니다. 시는 어찌 되었든 미적 허구의 한 양식이다. 허구-형식이 시적 자유와 시적 진실을 보장한다. 스피박과 같은 이론가들이 서발턴으로 하여금 말할 수 있게 하는 데 실패하는 이유는 (이론가들은) 미적 허구-형식을 가지고 있지 않기 때문이다. 반면에 시인은 미적 형식 안에서 무엇이든지 될 수 있다. 하린의 시에는 무수한 서발턴들이 등장하여 직접 말을 한다. 스피박의 선언과는 달리 그의 시에서 '서발턴은 말할 수 있다.'

난 나를 지우는 선택을 할래요
비겁지만 폭죽을 삼킬래요
눈물 아니면 구토
고독 아니면 치욕인 날들

어차피 결론은 같을 테니까
바깥을 전부 사양할래요
마지막까지 혼자만 아는 혼자로 남을래요

— 「선택」 부분

대본을 들고 지하 연습실에서 지하 월세방으로 이동하면 내게
주어진 지문은 *씩씩하게 당당하게*가 아니라 *오래된 시체처럼*이
더 잘 어울리곤 했지

난 비웃음의 직속인 게 분명해 조연을 위한 조연에 의한 비극이
라고나 할까 오늘 낮엔 2명의 관객 앞에서 퀴퀴한 냄새를 풍기는
1인극을 했어 초대권으로 입장한 사람들은 끝까지 박수를 치지 않
았지

— 「인간 실격」 부분

첫 번째 시의 화자는 왜 "자기를 지우는 선택"을 할까. 그는 왜
"바깥을 전부 사양"할까. 보이지 않는 존재가 되라는, 잊힌 존재
가 되라는 시스템의 명령에 충실하기 위해서이다. 화자는 왜 이런
명령에 충실하려 할까. 생존을 위해서이다. 시스템은 서발턴이 제
목소리를 내는 것을 허락하지 않는다. 어른들은 청소년들이 목소
리를 내는 것을 좋아하지 않고, 백인들은 유색 인종들의 소리를

듣기 원하지 않으며, 남성들은 여성들이 떠드는 것을 용납하지 않고, 자본가는 노동자들의 목소리가 사라지길 원하며, 매장 주인은 알바생이 고분고분하길 바란다. 전자들에게 가장 요긴한 것은 후자들의 침묵이다. 유언무언(有言無言)의 다양한 방식으로 서발턴들은 침묵을 강요당한다. '입 닥쳐(shut up)'의 사회적 명령 앞에서 이들이 느끼는 정서의 구조는 한마디로 "치욕"이다.

두 번째 시의 화자가 "*오래된 시체처럼*"이라는 "지문"이 자신에게 어울린다고 고백하는 것도 이런 맥락에서이다. 아무도 그가 "*씩씩하게 당당하게*" 나서기를 원하지 않는다. 두 번째 시의 화자는 "지하 월세방"에 사는 가난한 연극배우인데 자신을 "비웃음의 직속"이라고 정의한다. 그러나 이 화자는 "조연을 위한 조연"일지라도 공적인 공간인 무대 위에 서서 관객들에게 '말을 한다'는 점에서 말하는 것 자체가 허락이 되지 않는 일반적인 서발턴과는 다르다. 이 시의 화자는 세상의 조롱 속에서 세상에 말을 거는 시인의 모습과 매우 유사하다. 시인은 서발턴의 경험("치욕")과 시인의 경험("비웃음의 직속")을 슬쩍 겹침으로써 서발턴 화자의 자격을 획득한다. 이 시집을 읽는다는 것은 이렇게 서발턴이 되어 치욕과 비웃음으로 점철된 참담한 정서의 구조를 함께 나누는 행위이다.

　　샤워기 앞에서 이젠 울지 않기로 하자

눈물의 목적은 위로가 아니라
자학 아니면 자책이니까

주석도
프롤로그도
에필로그도
전부 주목받지 못한 분위기를 취하고 있으니까

다 내 잘못이니까

하루를 더 살았다면 지금 여기에 도달한 몸속 수치심을 확인하
세요
   거품을 제거하세요
나를 포기하지 않은 거울의 목소리가 들린다

표정 관리를 또 해야 하나
왜를 남발하는 사람들에게 한번 더 왜를 던져야 하나

나는 나의 방식으로 안쪽을 이해했을 뿐이다
비굴이란 성분이 심장을 갉아먹을 때마다…

— 「금요일 밤의 자학」 부분

시인은 서발턴의 입장에서 서발턴의 감성을 정확하게 그려 낸다. "자학", "자책", "수치심", "비굴" 같은 정서들은 하나같이 갑과의 관계에서 발생하는 을의 것이다. 이런 정서들은 한결같이 문제의 원인을 자신에게 돌린다. "다 내 잘못이니까"라는 고백은 지식인 하린의 고백이 아니라 보편적 서발턴의 목소리이다. 서발턴의 목소리는 그것이 무엇이든("주석도/ 프롤로그도/ 에필로그도") 처음부터 끝까지 "주목받지 못"한다. "나는 나의 방식으로 안쪽을 이해했을 뿐"이라는 발언은 문제의 모든 원인을 자기 내부에 돌리고 그 너머까지 나아가 목소리를 내지 못하는 서발턴의 자기 고백이다. 하린은 이와 같은 미적 허구-형식을 동원해 서발턴의 목소리를 서발턴의 한계까지 담아내며 절실하게 살려낸다. 이것이야말로 개념적 이론이 아닌 미적 형식의 살아 있는 힘이 아니고 무엇인가. 독자들은 하린의 1인칭 허구-형식을 통하여 청소년, 이방인, 노동자, 연습생, 알바생, 가장, 세입자, 택배기사들이 내는 비탄과 좌절과 치욕과 비굴과 자책과 눈물의 목소리를 생생하게 들을 수 있다.

3

하린이 내는 목소리엔 설득과 명령, 요구와 기대의 메시지가 없다. 메시지-언어는 그의 코드가 아니다. 그는 제발 알아 달라고 구걸하지도 않고 알아야만 한다고 강요하지도 않는다. 그는 그저 목소리를 낼 뿐이다. 그는 감추지도 과장하지도 않으면서 하위 주체들의 아픈 목소리를 낸다. 그것은 있는 그대로 현장에 있는 서발턴의 목소리이기 때문에 더욱 설득력이 있다. 하린은 마치 탁월한 연기자처럼 서발턴의 역할을 수행하지만, 자신의 개념으로 그 역할을 필터링하지 않는다. 도대체 어떻게 이런 진정성에 도달하는 것이 가능할까. 앞에서 말했지만, (스피박의 기준에 따르면) 이름깨나 있는 사람은 서발턴이 아니다. 어디에 있든지 시스템을 향하여 말을 걸 수 있는 미디엄을 가지고 있는 자는 서발턴이 아니다. 그럼에도 불구하고 하린은 서발턴을 자처한다. 스스로 서발턴이 될 때, 그의 목소리와 그가 허구-형식으로 그려 낸 서발턴의 목소리는 따로 놀지 않는다. 허구와 실제의 이 정확한 일치가 그가 그려 낸 목소리들의 진정성을 보장한다.

종이는 나의 모든 걸 알고 있다
내가 가진 솔직성의 한계를
밤새 나를 내려다본 형광등의 측은한 태도를
연애의 감정이 쓸모없게 변한 순간을
내가 쓴 시가 내가 죽은 후에
누군가에 의해 읽히지 않게 될 예감을
취미는 없고 취향만 있는 결핍을
감당하지 못한 동물성과

실천하지 못한 식물성을

어설프게 흘려보낸 한밤의 열기를

아침마다 휘발된 줄 알았는데

주기적으로 다시 찾아오던 좌절의 민낯을

매번 망설인 것이 글자가 아니라

종이만 보면 움츠러들던

상투적인 나의 목소리였다는 사실을

정해진 비극을 향해 무작정 몸부림쳤던

낮의 자책과 밤의 자학을

—「만약 내가 불타는 종이의 유언을 듣게 된다면」 부분

이 시에서 시적 화자와 시인은 거의 겹친다. 화자는 다름이 아니라 시를 쓰는 사람이다. 허구-형식의 개입이 거의 없는 이 시에서 시인(화자)이 그려 내는 자기 정서의 구조는 "결핍", "좌절", "자책", "자학" 같은 것들인데, 이런 기표들이 지시하는 것은 앞에서 인용한 서발턴의 정서 구조와 하등 다를 바 없다.

하린이 이 시집에서 구현하는 것은 서발턴과의 미적 연대이다. 시인과 서발턴은 그들의 입을 틀어막는 시스템 안의 주변인이라는 점에서 유사하다. 시인은 지상에 끌려 내려온 "구름 속의 왕자"(샤를 보들레르_C. Baudelaire)이기 때문에 멸시와 조롱의 대상이 된다. 구름 너머 시인의 꿈은 늘 비웃음의 대상이 된다. 서발

턴은 현대판 호모 사케르(Homo Sacer)이다. 아무도 그들의 목소리를 듣지 않고, 아무도 그들에게 주목하지 않는다. 그가 어떻게 되든 아무도 신경 쓰지 않는다. 시스템은 그가 보이지 않고 들리지 않는 존재이기를 원한다. 서발턴은 생존하기 위해 그것을 감수해야 하는데, 그 정서의 구조는 멸시와 조롱의 대상인 시인이 지상에서 감내하는 구조와 유사하다.

송곳을 하루 종일 만진 적이 있어요 만지면 만질수록 찌르고 싶은 밤이 자꾸 늘어났죠

일요일엔 일요일에 적합한 슬픔이 떠올랐지요 식당 주방에서 10시간 동안 불판을 닦는 아르바이트를 하면 검게 눌어붙은 애인의 목소리가 들렸어요

혐오란 말이 그때 불쑥 내게 찾아왔어요 동물성 기름을 뒤집어쓴 듯 젠장, 젠장을 남발했어요 지구의 급소가 궁금해지고 한 방향 한곳을 향해 집중하는 버릇이 생겨났어요

마약에 취한 듯한 구름이 지나갔어요 내 마음은 왜 자존심도 없이 그렇게 푹신한 걸 좋아하는 걸까요 그것이 더 화가 났어요 뭉쳐진 상상으로부터 송곳이 불쑥불쑥 솟아올랐어요

점점 더 자라고 있는 송곳을 어디에 숨겨야 할까요 머릿속에 담
으면 송곳이 나를 감시하고 심장 속에 넣으면 기분을 발산해요

식당 주인이 이제 그만 나오라고 하는데, 애인이 생일 날짜를
알려 주는데 뾰족한 것들은 눈치가 하나도 없어요

내가 나를 찌르면 어떤 피가 나올까요 빨간 피를 줄까 하얀 피
를 줄까 선택하라면 난 당당히 검은 피를 달라고 말하고 싶은데,
깊숙한 곳에 송곳을 품은 나를 아무도 신경 쓰지 않아요

— 「송곳」 전문

"송곳"은 자신을 배제하고 무시하는 세계에 대해 서발턴이 갖
는 르상티망(ressentiment)의 객관 상관물이다. 서발턴의 분한(憤
恨)은 서발턴의 몸에서 나온다. 서발턴의 몸에 사회적 모순의 총
계가 집약되어 있기 때문이다. 치욕과 자학과 "화"는 서발턴-몸
의 반응이다. 그것은 "아무도 나를 신경 쓰지 않"는 현실에 대하
여 서발턴의 몸이 보여 주는 생물학적-심리적-기계적 반응이므
로 아무도 그것에 대하여 무어라 할 수 없다. 시인은 서발턴의 몸
에 각인된 상처를 만지며 조심스레 자신을 그 자리에 놓는다. 서
발턴의 몸은 모순의 응축이므로 해방의 배꼽이기도 하다. 모순의

자리에서 저항이 나온다. 그렇다면, 서발턴의 몸이야말로 정확히 저항의 진원지가 아니고 무엇인가. 서발턴은 굴욕과 자학과 화로 시스템의 모순을 견디며 새로운 세계를 꿈꾼다. 시인은 비웃음의 현세를 견디며 유토피아를 꿈꾼다. 도약은 모순의 감내자들이 그 모순을 더 이상 견딜 수 없는 것으로 인지하는 순간에 일어난다. 역사는 그 무수한 도약의 결과이다. 그러므로 궁극적으로 역사와 세계를 움직이는 것은 서발턴이다. 그러니 서발턴에게 경의를! 하린은 서발턴의 자리에 자신을 위치시킴으로써 서발턴에게 미적 경의를 보낸다. 이 시집은 그런 공감과 동의와 연대의 기록이다.